MW00913848

A
anchor

B

beach

ball

C
crab
coconut

D

dolphin

eel

F
fish
flip flop

G

goggles

goat

H

hat

I

island

ice cream

J
jelly fish

kite

L

lobster

M
mosquito
mango

N

net

O
oyster
octopus

P
pineapple

Q
quarters

R

rainbow

S

starfish
sandcastle

T

turtle

U
umbrella

V
vest

W

wave

x ray fish

Y
yoyo
yatch

Z

zebra fish

A B C

G H I J

N O P Q

U V W

D E F
K L M
R S T
X Y Z

Made in the USA
Middletown, DE
17 April 2021